JUV/E/Sp
FIC
FRANKLIN

HEGEWI

W9-BUC-997

El barrido de los monos.

CHICAGO PUBLIC LIBRARY
HEGEWISCH BRANCH
3048 S. 130TH ST.   60633

DISCARD

EL AULLIDO DE LOS MONOS

Libros de
KRISTINE L. FRANKLIN

The Old, Old Man and the Very Little Boy
The Shepherd Boy
El niño pastor
When the Monkeys Came Back
El aullido de los monos

EL AULLIDO DE LOS MONOS

Kristine L. Franklin
ilustrado por
Robert Roth
traducido por
Rosa Zubizarreta

Libros Colibrí

Atheneum   1994   New York

Maxwell Macmillan Canada
Toronto
Maxwell Macmillan International
New York   Oxford   Singapore   Sydney

Text copyright © 1994 by Kristine L. Franklin
Illustrations copyright © 1994 by Robert Roth
Translation copyright © 1994 by Macmillan Publishing Company

All rights reserved. No part of this book may be reproduced
or transmitted in any form or by any means, electronic or
mechanical, including photocopying, recording, or by any
information storage and retrieval system, without permission
in writing from the Publisher.

Atheneum
Macmillan Publishing Company
866 Third Avenue
New York, NY 10022

Maxwell Macmillan Canada, Inc.
1200 Eglinton Avenue East
Suite 200
Don Mills, Ontario M3C 3N1

Macmillan Publishing Company is part of the
Maxwell Communication Group of Companies.

First edition
Printed in Singapore on recycled paper
10 9 8 7 6 5 4 3 2 1
The text of this book is set in Quorum Book.
The illustrations are rendered in watercolors.

Library of Congress Cataloging-in-Publication Data
Franklin, Kristine L.
[When the monkeys came back. Spanish.]
El aullido de los monos / por Kristine L. Franklin ; ilustrado
por Robert Roth ; traducido por Rosa Zubizarreta. — 1st ed.
p.   cm. — (Libros Colibrí)
Summary: Always remembering how the monkeys in her Costa Rican
valley disappeared when all the trees were cut down, Marta grows up,
plants more trees, and sees the monkeys come back.
ISBN 0-689-31950-9
[1. Monkeys—Fiction.   2. Costa Rica—Fiction.   3. Trees—Fiction.
4. Conservation of natural resources—Fiction.   5. Spanish language
materials.]   I. Roth, Robert, date, ill.   II. Title.
III. Series.
PZ73.F694   1994   93-46783

CHICAGO PUBLIC LIBRARY
HEGEWISCH BRANCH
3046 E. 130TH ST.   60633

Para mis hijos, Kelly y Jody,
quienes escucharon los monos conmigo
K. L. F.

Para mi niña, Cassidy
R. R.

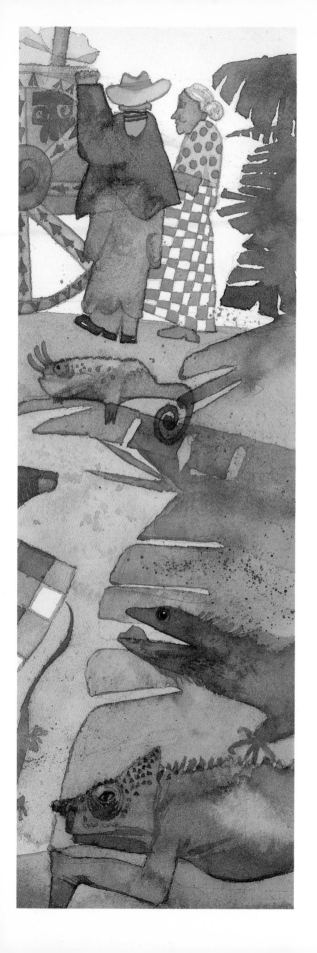

Cuando Doña Marta era muy pequeña, el valle era un lugar tranquilo. Los niños reían mientras se perseguían unos a otros entre las altas hileras del maíz. Los papás silbaban mientras trabajaban en las huertas, y las mamás canturreaban suavemente mientras envolvían los frijoles negros y la masa de maíz en hojas de plátano para cocerlos.

Había un camino viejo que atravesaba el valle, pero era un camino de carreta de buey—un lugar abierto para encontrarse con los amigos o con los primos, un lugar agradable para caminar, un lugar asoleado para cazar lagartijas. No había ni un solo carro en ese entonces. El valle era un lugar tranquilo, salvo cuando gritaban los monos.

Cada mañana y cada tarde, desde tiempos inmemoriales, los monos anunciaban el término de la noche y la llegada del día, el término del día y la llegada de la noche. Al amanecer aullaban y clamaban entre sí, y la bulla que armaban era tal que parecía que hubiese truenos retumbando entre los árboles. Al atardecer, vociferaban y chillaban, y cada hoja de árbol y cada brizna de hierba temblaba del ruido.

Un día subió un auto, traqueteando
y chisporroteando por el camino viejo.
Después llegaron más, aunque al
principio no eran muchos, ya que el
camino era de carreta de buey y no de
automóvil. Marta les tenía miedo a los
carros. El sonido y el olor la hacían
esconderse detrás de las faldas de su
madre. Más y más carros llegaron, y
camiones, y más ruido. Pronto ya no
se podía caminar con tranquilidad por
el medio del camino, detenerse allí a
charlar, a perseguir a las rápidas
lagartijas.

De todos modos, los monos
seguían gritando desde la arboleda,
ahogando todos esos ruidos nuevos
por algunos minutos cada día,
llamándose unos a otros tal como lo
habían hecho siempre, despertando
al mundo entero por las mañanas y
llamando a los trabajadores para que
dejaran los campos por las tardes.

Las lluvias vinieron y se fueron, y a Marta le empezó a quedar demasiado corto el vestido. Un día, unos hombres de la ciudad llegaron a la casa de Marta. Le ofrecieron a su padre mucho dinero, lo suficiente como para comprar seis vacas y además un vestido nuevo para Marta. A cambio querían cortar algunos árboles de la ladera de la montaña. El padre de Marta estuvo de acuerdo, y desde ese día, el bosque comenzó a desaparecer.

Al principio fueron apenas algunos
árboles. Los taladores cortaban sólo
los árboles más grandes, los que
estaban llenos de lianas colgantes. A
los monos parecía no importarles
demasiado. Aullaban y gritaban y
alardeaban igual que antes. Pero
cinco años más tarde, cuando sólo
quedaban veinticuatro árboles en
todo el bosque, los monos se fueron.

Marta no sabía dónde se habían ido los monos. Una noche, justo cuando el sol desaparecía detrás del monte, los monos chillaron y ululearon y se lamentaron con más fuerza que nunca. Algunos dijeron que era a causa de la luna llena. Otros dijeron que las lluvias estaban por llegar. Pero a la mañana siguiente, el valle estaba tan silencioso como una tumba.

Durante los próximos años terminaron de talar los últimos árboles. Todo lo que antes había sido bosque ahora estaba cubierto de tocones y maleza. Restaban unos cuantos pájaros, pero ningún mono.

La mayoría de la gente se olvidó de los monos. Tenían gallos que los despertaban por las mañanas, y lámparas con las cuales podían seguir trabajando después del anochecer. Pero Marta no se olvidó.

Cuando tenía quince años, Marta se casó con Emilio. Emilio trabajaba para el padre de Marta y cuando murió el padre, les dejó la granja a Marta y Emilio.

—Tú tienes muchas tierras ahora —le dijo un día Marta a Emilio—. Me gustaría tener una parte para mí.

Emilio se rió mucho porque en esa época las mujeres no eran dueñas de tierras.

—Pronto tendremos una familia a quien alimentar —le dijo Emilio—. Después que siembre maíz, frijoles y calabazas, no sobrarán tierras que darte. El resto de las tierras es para las vacas.

—¿Y qué de la tierra que queda en la ladera de la montaña? —preguntó Marta—. Allí hay demasiados tocones para sembrar, y es demasiado empinado para que las vacas puedan pastar.

—Es verdad —dijo Emilio. Y aunque no se acostumbraba a hacerlo, le dio a Marta la tierra de la ladera de la montaña.

—¿Qué harás con tu tierra? —le preguntó Emilio.

—Voy a hacer que regrese el bosque —dijo Marta, y eso mismo fue lo que hizo.

Marta sembró árboles desde el pie
de la montaña hasta lo más alto.
Cuando el sol quemaba la tierra en la
época de sequía, le llevaba baldes de
agua a los pequeños arbustos.
Cuando las lluvias fuertes arrasaban
con los arbolitos, ella cuidadosamente
los volvía a plantar.

Año tras año, Marta cuidó de los árboles. En los próximos quince años, dio a luz once hijos e hijas. Cada uno de ellos aprendió a sembrar y a cuidar árboles. Año tras año, los niños de Marta crecían, y los árboles también.

—El café crece bien en la montaña —le decía en broma Emilio—. Quizá podrías sembrar café en tus tierras.

Pero Marta no le hacía caso. No cambió de parecer, y el bosque regresó.

Siguieron pasando los años. Los árboles crecieron más y más altos. Los hijos e hijas de Marta ya eran mayores y tenían sus propios hijos. Emilio murió y le dejó la granja a Marta y a sus hijos.

Un día soleado, Doña Marta fue a dar un paseo por el camino. Los niños la saludaron al pasar.

—Buenos días, Señora de los Árboles.

—Buenos días —contestó Doña Marta, con un guiño y una sonrisa anciana. Se apoyó en su bastón y se paró a contemplar el valle.

Sus árboles llegaban hasta el cielo.
Lianas gruesas se enroscaban
alrededor de sus troncos. Pájaros de
todos los colores llenaban sus ramas.
Ahora, dondequiera que cayeran sus
semillas, crecerían nuevos árboles. El
valle brillaba con los sembríos de
calabaza, de maíz y de frijoles, pero
la ladera de la montaña era de un
profundo verde oscuro. La labor de
Doña Marta se había cumplido.

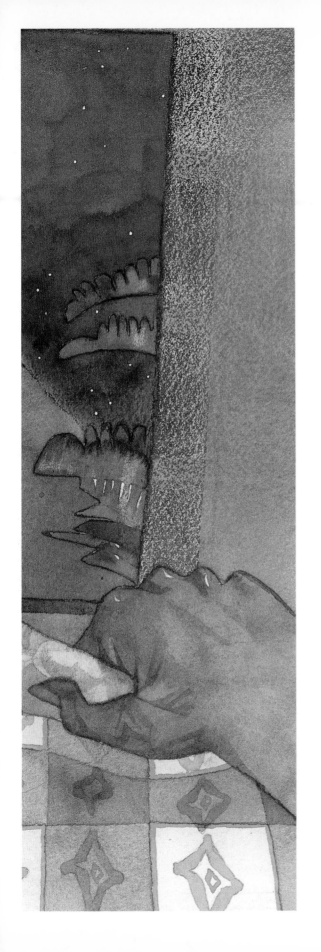

Una noche, Doña Marta no pudo dormir. Acostada en su cama, oía el sonido de los insectos, el chirrido de los pájaros nocturnos. Por su pequeña ventana, miraba las estrellas que se movían lentamente a través del cielo oscuro. Miraba desplazarse por el cuarto las sombras que dejaba caer la luna. Al acercarse el amanecer, oyó que los gallos empezaban a quiquiriquear. Y luego oyó otro sonido.

Al principio, parecía el ladrar de perros, pero pronto los ladridos se convirtieron en aullidos, los aullidos en chillidos, los chillidos en alaridos, y cada hoja de árbol y brizna de hierba temblaba del ruido. Doña Marta se acercó a la ventana y se inclinó hacia afuera.

El aire oscuro retumbaba con el sonido de los monos, vocifereando, aullando, gritando desde la arboleda, despertando al mundo entero otra vez. Doña Marta cerró los ojos, sonrió una sonrisa arrugada, y escuchó la música que tanto había extrañado por cincuenta y seis años.

Ahora cada mañana, Doña Marta se despierta con los ladridos y las protestas de los monos. Cada tarde espera a que se reúnan en los árboles para chillar y aullar y dar las buenas noches. Por un tiempito cada mañana y cada tarde, el sonido de los monos ahoga todo otro sonido del valle. Por un tiempito cada día, es como si nunca nada hubiese cambiado.